# NOTICIAS DEL BOSQUE

MARCO IOSA

# NOTICIAS DEL
# BOSQUE

*Una extraña pareja de periodistas*
*reportando los hechos más insólitos*

Ilustraciones de Giovanni NORI
Traducción de Santiago RUIZ VELASCO

BARCELONA · MÉXICO · BOGOTÁ · BUENOS AIRES · CARACAS
MADRID · MIAMI · MONTEVIDEO · SANTIAGO DE CHILE

Título original en italiano:
*L'eco del bosco*

**Noticias del bosque,
Una extraña pareja de periodistas reportando
los hechos más insólitos**
Primera edición, noviembre de 2013

D. R. © 2009, Marco IOSA
D. R. © 2009, Giovanni NORI, por las ilustraciones
D. R. © 2009, ZAMPANERA EDITORE – *www.zampanera.it*
D. R. © 2012, CAMELOZAMPA – *www.camelozampa.com*
D. R. © 2013, EDICIONES B MÉXICO por la traducción,
traducción de Santiago RUIZ VELASCO
D. R. © 2013, EDICIONES B MÉXICO, S. A. de C. V.
Bradley 52, Anzures DF-11590, México
*www.edicionesb.mx*
*editorial@edicionesb.com*

ISBN: 978-607-480-520-8

Impreso en México | *Printed in Mexico*

# El elefante bailarín

—**COMUNÍQUENME CON LOBO** —dijo Rino Tommaso, el rinoceronte que dirige *El Eco del bosque*, el más leído de los periódicos de Animalandia.

Su bella secretaria, Lella Gacela, telefoneó de inmediato a Lobo y lo citó en la oficina del director.

Pocos minutos después, Lobo tocó a la puerta de Rino Tommaso; cuando entró lo halló, para su gran sorpresa, junto a una bola de pelo blanco.

—Quiero presentarte a tu nueva colega, querido Lobo —anunció el rinoceronte.

—¿Una oveja? —preguntó Lobo, anonadado.

—Lo acabo de aceptar en *El Eco del Bosque* —dijo Rino Tommaso—. Desde hoy trabajarán en pareja.

—¿Yo, el gran Lobo, trabajaré con una oveja?

—Mi nombre es Polly Pec —dijo ella, feliz de encontrarse al fin con Lobo el famoso periodista. Y alargó la pata para estrechársela. Lobo la miró de arriba a abajo.

—¿Estás bromeando, verdad, director? —preguntó al rinoceronte que sonreía sentado detrás de su gran escritorio.

partecipazione di 250 persone appartenenti a gruppi provenienti da varie regioni. Tra questi anche l'associazione di Santa Margherita, imbarcata in traghetto mercoledì scorso con ventisei componenti. L'organizzazione della trasferta è ad opera del responsabile di un gruppo di sbandieratori della Campania, a sua volta contattato dall'organizzatrice Raffaella Calitri, risultata poi la regista della truffa. Il prezzo della «spedizione» per la traversata Bari-Patrasso in un traghetto, l'arri-

**A PROVA.** In Grecia non c'è stata ...to e di lasciare le camere il giorno successivo. La mattina seguente la ciliegina sulla torta, con l'arrivo della polizia in albergo e il pullman bloccato dal personale dell'albergo. La giornata trascorre così in ostaggio nel parcheggio dell'hotel. Dopo lunghissime trattative, la situazione è sbloccata in serata dall'intervento del consolato italiano che ha provveduto al saldo del conto. Gli sbandieratori alla fine non si sono esibiti.

...fikin. Dopo un traghetto di dodici ore, la sfortunata comitiva (che ha dovuto pagarsi la trasferta imprevista) trova alloggio all'hotel «Mare Nostrum» di Vavrona. La struttura, inoltre, non era quella prevista dal programma. La vera sorpresa arriva però quando i gestori dell'albergo comunicano di non aver ricevuto nemmeno un centesimo dalla Calitri, avanzando dunque la pretesa di saldare in breve il con...

...vo e la sistemazione in albergo, una visita a Corinto e l'evoluzione ad Atene: unico spesa per gli sbandieratori, il viaggio di andata e ritorno per Bari.

Al momento dell'imbarco arriva il primo imprevisto: la nave non è prenotata. Lo stesso sbarco, previsto a Patrasso, avviene invece a Igoumenitsa, con una differenza di circa 680 km da effettuare in pullman. Dopo un traghetto di undici ore, la sfortunata comitiva (che ha dovuto pagarsi la trasferta imprevista) trova alloggio all'hotel «Mare Nostrum» di Vavrona: la struttura, inoltre, non era quella prevista dal programma. La vera sorpresa arriva però quando i gestori dell'albergo comunicano di non aver ricevuto nemmeno un centesimo dalla Calitri, avanzando dunque la pretesa di saldare in breve il con...

## ¡¡EXTRA!!
## BAR ASALTADO POR BANDA PELIGROSA

**BOVOLENTA.** Ladri in azione al bar Commercio di piazza Accademia 23, lo stesso locale in cui l'anno scorso è stata realizzata la mega vincita al Superenalotto. Neppure questo locale si è salvato dalle bande di predoni che ormai ogni settimana svuotano i locali della Bassa. I ladri sono entrati da una porta sul retro e subito si sono fiondati sui videopoker. Non contenti, hanno scassinato tre videogiochi e pure il cambiamonete. Non contenti, alla fine, si sono scatenati con liquori e Gratta e vinci. Il valore totale della merce rubata, compreso il denaro in contanti, è di circa 2.500 euro. Il titolare Angelico Del Pizzol si è accorto di quello che era successo ieri mattina. Il sopralluogo è stato eseguito dai carabinieri di Agna, che hanno dato il via ai primi accertamenti. (e.fer.)

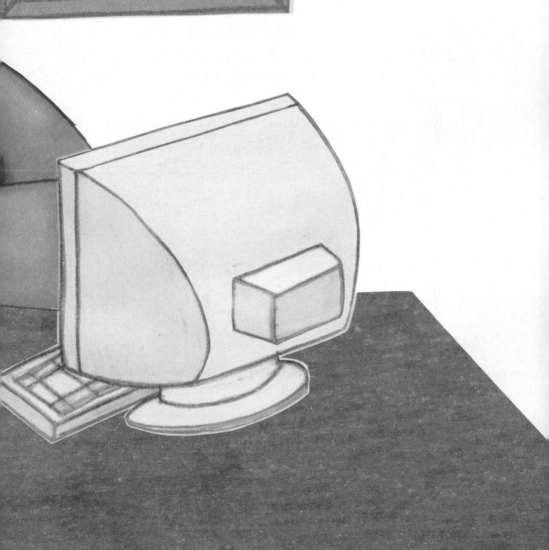

—No. Polly tiene poca experiencia, pero estudió en la Bosconi con mención honorífica. Es una entre mil, Lobo.

Pero Lobo no creía en las palabras de Rino Tommaso. ¿Cuándo se ha visto una oveja periodista? Las ovejas siguen al rebaño, hacen lo que hacen los otros, escriben lo que piensan otros, porque las ovejas no son intrépidas. Esto pensaba Lobo. En cambio Rino Tommaso, que en sus muchos años de director había desarrollado una óptima capacidad para reconocer a los jóvenes talentos, había decidido apostar por aquella extraña pareja, un lobo y una oveja, para escribir las extrañas historias que ocurrían en Animalandia.

—Ya tengo el primer artículo que encargarles —dijo el rinoceronte—. ¿Han oído hablar de Sante el Bailarín?

—No —respondió Lobo.

—¿Sante el Elefante Bailarín? —preguntó Polly.

—¡Justo él! Parece que este elefante es un gran bailarín y, sin embargo, ningún teatro lo quiere porque el tablado no soportaría su peso. Quiero que me escriban un artículo de gran impacto sobre este caso.

—¡Pero director! —ululó Lobo—. ¡Primero me encargas a una oveja de aprendiz de periodista, ¿y luego el caso de un elefante bailarín?! Parece que estoy en el circo en vez de en la redacción de un periódico. Yo quiero escribir de política, del rey Leónidas Leonis, de la huelga de veterinarios...

—Para la política ya está Inés Lince, tiene ojo para esas cosas. A ustedes dos en cambio les confío una nueva columna en nuestro periódico. Se llamará «Extrañimales: casos extraños entre los animales».

Lobo estaba muy desilusionado, pero aún tuvo la fuerza de responder con ironía:

—Comenzaré entonces con una pieza titulada: «Rinoceronte enloquecido hace periodista a una oveja».

Pero Rino Tommaso no tenía más tiempo que perder y golpeó fuerte el escritorio con una pata.

El golpe resonó por toda Animalandia.

—Suficiente, ¡váyanse!

Cuando salieron de la oficina de Rino Tommaso, Polly dijo a Lobo:

—Es un verdadero placer para mí trabajar con un periodista famoso y valiente como tú, pero ¿cuál es tu nombre?

—Llámame Lobo. Lobo y punto. Bola de pelo.

—Muy bien, señor Lobo y punto.

Salieron los dos del edificio y se dirigieron a Los Savanas, el barrio donde vivía Sante Elefante. Durante el trayecto pidieron información a una paloma mensajera, que gentilmente los

acompañó hasta la casa de Sante Elefante. Les hizo muchas preguntas sobre por qué querían encontrar a Sante, quiénes eran, en qué trabajaban. Era una paloma mensajera muy metiche.

Polly estaba toda emocionada porque era su primer trabajo. Golpeó la gran puerta: **Toc Toc Toc Toc**... hasta que Lobo la hizo parar.

—Cálmate —le dijo—. Y déjame hablar a mí.

Un enorme elefante abrió la puerta.

—¿Sante Elefante? —preguntó Lobo.

—No, soy su padre, Dante Elefante.

—Buscamos a su hijo, sabemos que es bailarín.

—¿Pero qué bailarín? —dijo Dante—. ¿Dónde se ha visto un elefante bailarín? ¿No serán acaso empresarios como el gato y la zorra que vinieron la semana pasada? Mi hijo debe dejar de soñar con ser bailarín. ¡Es un elefante!

—¿Empresarios? —dijo Polly—. Nosotros somos sólo dos…

—¡Bailarines! —exclamó Lobo. Polly peló los ojos, pero Lobo siguió diciendo que eran dos bailarines preocupados porque si ahora hasta los elefantes se empezaban a volver bailarines ya no habría trabajo para ellos. Y por eso querían convencer a Sante de que dejara de bailar.

—¿Bailarines, ustedes? —preguntó Dante incrédulo, rascándose la cabeza con su enorme trompa.

—¡Sí! Polly, muéstrale la pieza del *Lago de los cisnes*… anda, ¡baila, Polly, baila!

Polly trató de pararse en las puntas de las patas traseras, alzando las patas delanteras, pero luego de pocos instantes perdió el equilibrio y cayó estruendosamente al suelo. Entonces Lobo aplaudió gritando:

—¡Bravo! ¡Bravo! —y volviéndose a Dante dijo—: Nadie ejecuta la muerte del cisne como Polly.

Con eso Dante se convenció:

—Si de verdad quieren convencer a mi hijo de que deje de bailar son bienvenidos, por favor, pónganse cómodos —y se encaminó dentro del caserón, haciendo camino con su paso pesado.

—No somos bailarines. ¡Es una mentira! —susurró Polly a Lobo.

—Pero ahora tenemos la confianza del trompotas. Ven, entremos, Bola de pelo.

Se acomodaron en torno a una mesa y Dante preparó té con avellanas. Lobo notó que la casa por dentro estaba repleta de trampas para ratones.

—¿Desde cuándo baila Sante? —preguntó Lobo mientras sorbía su té.

—Desde siempre. Desde que nació, cada vez que oía música, con incluso el canto de un pájaro, agitaba sus gordas asentaderas. Y todos los elefantes nos reíamos. «Se le pasará un día», pensaba yo. «Se le pasará al crecer», pensaba. Ahora pesa cuatro toneladas y no se le ha pasado.

¿Cuatro toneladas? Lobo se dio cuenta de que era casi ochenta veces su peso, es decir, que haría falta una jauría de ochenta lobos para igualar el peso de ese elefante. Intrigado por estos cálculos le preguntó a Polly:

—¿Y tú cuánto pesas, Bola de pelo?

—¡El peso y la edad no se le preguntan nunca a una señorita! —respondió Polly, ya avergonzada por la mentira dicha y por haber tenido que bailar.

—Es verdad que un elefante de cuatro mil kilogramos que se sacude aquí y allá es una cosa bien extraña. Se podría venir abajo el teatro… y no por los aplausos —dijo Lobo.

—Todos se reirían de él, ¿entienden por qué quiero que lo deje de inmediato? —dijo preocupado el padre de Sante.

De improviso se escucharon unos pesados pasos acercándose a la casa. Luego la puerta se abrió y un elefante apareció en el marco: era Sante.

—Ven, Sante —dijo el padre—. Estos dos señores son bailarines. Vinieron a hablar contigo. Adelante, señores, díganle a mi hijo lo que han venido a decirle.

Lobo se acercó al elefante y dijo:

—Querido Sante, somos colegas. Nos une la pasión por la danza. Mi joven compañera Polly no, pero yo tengo muchos años de experiencia. He hecho giras con los más grandes teatros, pero nunca jamás he visto un elefante bailarín. Cisnes bailarines sí, antílopes bailarines sí, jirafas bailarinas sí y hasta osos bailarines sí. Pero elefantes bailarines no. ¿Quisieras mostrarnos una pieza de danza?

—¡Con mucho gusto, colegas! —respondió Sante—. Vayamos afuera y les enseñaré —y salió, tomando un pequeño estéreo portátil.

—¿Pero…? ¿Y el discurso de dejar en paz la danza? —preguntó Dante.

—Si juzgara antes de haber visto, Sante no me creería. Le diré que es torpe y pesado, rechoncho y desgarbado, pero después de haber observado atentamente su prueba de baile.

—¡Sin exagerar! —dijo el padre, agitando sus colmillones—. No quisiera que le afectara demasiado.

—Déjemelo a mí. Yo me encargo —dijo Lobo.

Salieron todos.

Sante estaba haciendo ejercicios para aflojarse los huesos. Después se acercó al estéreo y puso la canción «Qué sensación» de Irene Rana.

Se paró en las puntas de sus patas traseras, lo que antes Polly no había podido hacer. Al ver a aquel enorme elefante de puntitas, Lobo tuvo que morderse la lengua para no reír.

Pero Sante comenzó a moverse, saltaba de aquí a allá, gracioso como una mariposa, siguiendo el ritmo de la música.

Al mismo tiempo desde el estéreo la voz de Irene Rana entonaba estas palabras:

Antes no tenía nada,
pero ahora existe un sueño
en mi mente fascinada,
de ese sueño soy el dueño...

Polly se contoneaba y aplaudía. Y bien pronto también Lobo se sorprendió llevando el ritmo con una pata.

Cuando Sante terminó, Lobo y Dante se miraron en silencio. Después de lo cual se despidieron, no había más necesidad de palabras.

—¿Les gustó? —preguntó Sante antes de que se fueran.

—Estuvo bellísimo —dijo Polly. Hasta el padre de Sante, Dante, estaba conmovido con la presentación de su hijo.

—Pronto sabrás si nos gustó. Andando, Bola de pelo —dijo Lobo.

Al día siguiente *El Eco del Bosque* publicó este artículo:

# EL ECO DEL BOSQUE

## Sante Elefante busca un tablado

**El primer elefante bailarín necesita un teatro y un público capaz de sostener su talento.**

Bailar no es sólo mover el cuerpo. Bailar no es sólo seguir un ritmo. Bailar es comunicar emociones a través del movimiento. Y es precisamente lo que este enorme elefante sabe hacer mejor. Él no sigue un ritmo, él no mueve su enorme cuerpo. Él habla con su cuerpo, él interpreta el ritmo. Y tanto talento no se debe desperdiciar sólo porque todavía no exista un tablado lo suficientemente robusto como para sostener su peso, o porque no existe un público lo suficientemente inteligente como para apreciar su valentía. Hasta ahora no existía ni siquiera un elefante bailarín. Hasta ahora.

LOBO y POLLY PEC

# Treinta cochinitos

—**COMUNÍQUENME CON LOBO** —dijo Rino Tommaso, luego agregó—: Y con la otra, la nueva, la oveja... ¿Dolly?

—Polly —lo corrigió su bella secretaria Lella Gacela.

—Es lo que dije: ¡Polly! —chilló el rinoceronte gris desde su escritorio. Lella Gacela de un salto llegó al teléfono y poco después Lobo y Polly estaban en la oficina de Rino Tommaso.

—Una cerda, una tal Mara Marranita, acaba de tener treinta gemelos.

—¡Treinta gemelos! —ululó Lobo—. ¡Va a ser un chiquero! ¿Por qué debería ir yo? ¡Manda a Bola de pelo! —dijo, señalando a Polly.

—¡Pero qué insensible eres! —respondió ella.

—Cuidado, podría comerte —le dijo Lobo.

—Tú ten cuidado. «Ésta» es cinta negra. Está escrito en su currículum —dijo Rino y Polly confirmó asintiendo—. Ahora vayan y hagan un buen servicio. Estas noticias bobas hacen vender muchas más copias a nuestro periódico —terminó Rino Tommaso.

—Pero yo quiero escribir del problema de la sequía en La Sabana: este año la temporada de lluvias se está retrasando y las plantas se están secando. Los ñúes están listos para ir a las plazas a protestar, dicen que el rey Leónidas Leonis está errando sobre su política ambiental.

—Esa pieza ya está asignada a Inés Lince —respondió Rino.

—¡Siempre ella! ¡Maldita gata de orejas puntiagudas! —En ese momento tocaron a la puerta del director y entró justo ella: Inés Lince, con su paso afelpado y elegante, con su capa a manchas y sus ojos de fisura.

—Miau, Lobo —dijo con voz sinuosa—. Me enteré de que ahora le enseñas los trucos del oficio a las ovejitas; ¿del lobo que eras te has convertido en perro pastor?

Lobo rechinó los caninos, y dijo:

—Polly, te presento a Inés Lince. La mejor periodista de *El Eco del Bosque*. Vuélvete como ella y te descuartizo.

Los dos, ciertamente, no se caían nada bien. Por otro lado eran un lobo y una lince, que es un poco como un perro y un gato. Cuando salieron de la oficina de Rino Tommaso, Lella Gacela llamó a Polly aparte.

—¿Se pelearon? —le preguntó.

—¿Quienes? —Polly no entendía.

—Lobo y Lince —respondió Lella.

—Faltó poco.

Lella Gacela sonrió con la cara de quien sabe una o dos cosas, luego en voz baja le dijo a Polly:

¿Lobo y Lince?

—¿Sabías que Lobo y Lince fueron novios, hace años? Fue cuando trabajaban juntos en otro periódico, *El Heraldo de la Estepa*. Se dejaron y ahora se odian.

EDITORIAL
Inés Lince

Polly no se esperaba para nada ese chisme.

—¡Entonces, Bola de pelo, nos vamos? —le aulló de improviso Lobo cuando se dio cuenta de que Polly se había quedado hablando con Lella, esa gacela me-meto-en-todo.

Muy rápido llegaron los dos a la granja de la señora Mara Marranita. Había lechoncitos cubiertos de lodo por todos lados: colgados de la cerca, en los lodazales, bajo la fuente, sobre la fuente, adentro de la fuente.

La mamá Marranita se acercó a esa extraña pareja formada por un lobo y una oveja.

—Hola —saludó Lobo—, somos dos periodistas de *El Eco del Bosque*, ¿es usted la señora Mara Marranita?

La señora asintió. Lobo le explicó que habían sido enviados allí para hacer una nota sobre ese nacimiento tan numeroso: treinta marranitos rosados.

—¿Cómo harán para darles de comer a todos estos hijos? —preguntó Lobo.

—No sabemos aún cómo le haremos mi marido Pico Puerquito y yo.

—¿Pero cómo no saben? ¿No están preocupados? —Lobo había olisqueado la noticia: la inconsciencia de dos padres jóvenes frente a un nacimiento plurigemelar.

—De algún modo lo haremos —respondió la señora Mara.

—¿Y cómo se llaman? —preguntó Polly, curiosa.

—¡Pero qué preguntas haces! —le reprochó Lobo—. ¡Ni forma de poner treinta nombres!

—¡Claro que tienen nombre! —replicó Mara Marranita, que empezó a señalarlos uno por uno recitando sus nombres:

—Pico, Lino, Lina, Espina, Mina, Lolo, Trulo, Turro, Susurro, Azul, Bella, Lella, Estrella, Ciro, Lilo, Bonifacio, Esperanza, Constancia, Lulú, Cino, Artemiso, Josué, Arturo, José, Yiyo, Lulo, Enjuto, Perita, Braz y Godofredo María.

—Son treinta y un nombres… —dijo Lobo, seguro de haberle cachado un error.

—Godofredo María es un nombre doble, pues fue el número veintidós en nacer —respondió orgullosa la madre.

—¿Y los reconoce a todos? —preguntó Polly.

—¿Pero qué dices? —rebatió Lobo—. ¿No ves que son todos iguales? ¿Cómo va a reconocerlos?

—¡Pero claro que los reconozco! —dijo Mara Marranita.

Lobo no le creía y quiso una prueba. Tomó a uno de los cochinitos y le preguntó a la señora quién era.

—Cino —respondió ella.

—Ahora voltéese y tú, Bola de pelo, cuida que no mire. —Lobo agarró al cochinito Cino y lo fue a meter entre otros seis hermanos suyos que jugaban a revolcarse en el lodo. Otros cuatro trataban de treparse a la cerca pero se caían y caían, dos se perseguían por la granja, cinco jugaban con una pelota, otros seis comían, cuatro jugaban a escondidas y dos terminaban de hacer la tarea.

Para Lobo todos eran idénticos. Suficientemente difícil era echarle un ojo a Cino y no confundirlo con los otros.

—Ahora dese vuelta y dígame dónde está Cino.

Mara Marranita miró un instante alrededor y luego dijo:

—Es ése de ahí.

Y era justo él.

—¿Viste qué bien? —dijo Polly a Lobo, quien no daba crédito.

—¿Pero cómo lo hizo? —preguntó a la señora.

—Son mis hijos, cada uno tiene algo especial para mí.

—Gracias, señora. Vamos, Bola de pelo.

—¿Ya? —preguntó la oveja.

—Sí —dijo Lobo, y después, volviéndose a la señora, agregó—: mañana saldrá un artículo que le concierne a su familia en *El Eco del Bosque*. Le recomiendo que lo compre.

—Seguro —respondió ella.

Al día siguiente el artículo estaba ahí.

# EL ECO DEL BOSQUE

## Treinta cochinitos y aplausos

**Familia récord en la granja de los señores Puerquito**

Ésta es una bella historia de una pareja de cerdos como tantas, a quienes el destino, sin embargo, ha querido convertir en padres de treinta cerditos gemelos. Es una bella historia no sólo por la serenidad con la cual la madre afrenta un trabajo que a cualquiera le parecería demasiado grande. Es una bella historia porque para la madre cada lechón o es su hijo adorado, cada uno amado de un modo único. Es una bella historia porque nos recuerda que cada uno de nosotros, a su modo, es distinto de los demás, cada uno de nosotros tiene algo de especial. Pequeñas diferencias que se fugan de los ojos de quien no está atento, pero que nos vuelven únicos en el mundo para quien nos quiere.

LOBO y POLLY PEC

# Zorrillas al borde de un ataque de nervios

—COMUNÍQUENME CON LOBO Y POLLY PEC —dijo Rino Tommaso—. Es una emergencia. —El grueso rinoceronte no había estado tan agitado desde que Pipo Tommaso, un primo lejano suyo, se había tragado por error la bicicleta del rey Leónidas Leonis.

—Ahora mismo los hago venir a su oficina —dijo Lella Gacela.

—No hay tiempo. Comunícamelos por teléfono.

Cuando Lobo contestó estaba todavía en la cama, después de pasar una noche aullando en el bar Luna Llena.

Saltó de las sábanas cuando Rino Tommaso le dijo de qué se trataba.

—Voy para allá.

—Bien, llama a Polly y tráela contigo.

—¿Bola de pelo? ¡Pero es una oveja! Se tomará horas antes de arreglarse todo ese pelo lanudo.

—¡No seas envidioso, lobo pelón, llámala y punto!

Lobo telefoneó a Polly antes de salir y luego corrió al mercado de plátanos, que se encontraba como todos los martes en la zona oeste del bosque.

Cuando llegó, Polly ya estaba ahí.

—¿Cómo hiciste para llegar tan rápido? —le preguntó.

—Me dio un aventón la paloma mensajera en su bicicleta.

—¿La paloma metiche? ¿Tiene una bicicleta? ¿No se la había comido por error Pipo Tommaso?

¿Señor Lobo?

—Sí, se compró una nueva.

—Bueno, pero ya basta de blablablá. ¿Qué sucede aquí? ¡Esas monas en los árboles están haciendo un alboroto!

Polly le mostró lo que estaba sucediendo: dos zorrillas amenazaban con soltar sus tremendas pestes justo en la mitad del mercado. En las ramas de los árboles que se encontraban encima del mercado se habían refugiado una treintena de monas aulladoras espantadas.

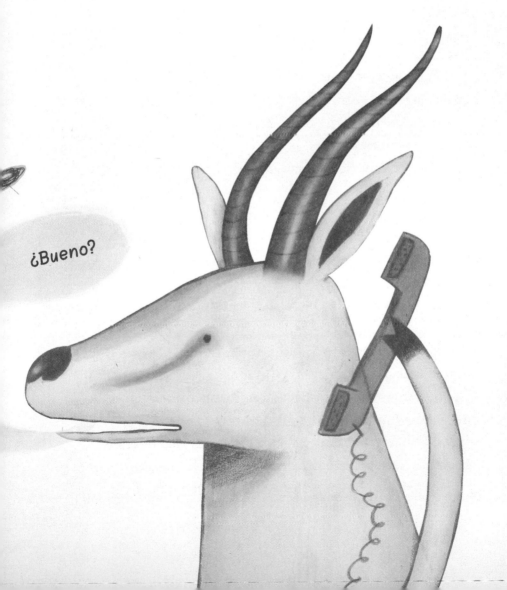

Los gorilas policías habían circundado la zona y no dejaban acercarse a nadie. Pero ni siquiera ellos podían aproximarse a las zorrillas, porque éstas les habían avisado:

—Al primer gorila que dé un paso, lo rociamos.

Sus pestes habrían infestado el área por días, tendrían que tirar centenas de plátanos y las monas no podrían comer por una semana. Y una mona que no come plátanos es una mona histérica.

—Ven —le dijo Lobo a Polly—. Vamos a donde están los gorilas.

—Pero los gorilas no dejan acercarse a nadie —respondió ella.

—Nosotros no somos nadie.

Un gorila se paró delante de ellos y dándose golpe en el pecho dijo:

—De aquí no se pasa.

—Es Lobo —contradijo el comandante—. Tráelo aquí.

—Hola, viejo Kongo —lo saludó Lobo—. ¿Qué quieren este par de zorrillas chifladas?

—Son unas zorrillas chifladas e histéricas. Dicen que las discriminaron, que sus derechos fueron pisoteados. Quieren hablar con el rey Leónidas Leonis en persona. Hemos llamado también a Chicho Koalino, el koala psicólogo más mimoso del bosque entero: él

calmaría incluso a una pantera enfurecida, tan lindo y mimoso
es. Él acostumbra a tratar con criminales que amenazan con
alguna cosa. Pero por desgracia está retrasado porque apenas
ayer Pipo Tommaso se comió por error su bicicleta. Por
cierto, ¿ella quién es? —preguntó el gorila refi-
riéndose a Polly.

—¿Quién, Bola de pelo? —dijo Lobo—. Me la puso Rino de colega.

—¿Un lobo y una oveja? ¿Qué, es un juego?

—Son veinte gorilas y no consiguen detener a dos zorrillas —rebatió Polly, enfurruñada—. Así que no me parece la ocasión de ponerse racistas.

—Es una igualada —dijo Kongo.

Lobo calló.

—¿Pero por qué dicen que las discriminaron?

—No las dejaron entrar en el restaurante *La Caracola*.

—Es el restaurante más refinado de todo el bosque —hizo notar Lobo.

—Si hubieran apestado por accidente, el lugar habría tenido que cerrar para siempre. ¿Cómo culpar a míster Pluma Aguilera, el dueño del lugar?

—¡Aun así no es justo, las zorrillas tienen razón! —exclamó Polly.

—Calma con los juicios, muchachita, somos periodistas, no abogados: contamos historias, no tomamos la defensa de nadie—. Dijo una voz a sus espaldas. Una voz que Lobo conocía bien:

—¡Inés Lince! ¿Qué haces aquí? —le preguntó.

—Con el fin de evitar una crisis en el mercado de plátanos, parece que el rey Leónidas está dispuesto a venir a hablar con estas dos zorrillas chifladas. El partido de los babuinos siempre ha apoyado a la casa de los Leonis, y el Rey debe corresponderles.

—Pero cuando aquellos erizos protestaron porque no los dejaban entrar en una tienda de pelotas, el Rey no se movió —rebatió polémicamente Lobo.

—Basta los dos, o tendré que pedirles que se vayan —dijo el gorila.

—¡Soy de *El Eco del Bosque*! —gritó de improviso Polly, dirigiéndose a las zorrillas—. ¡Si me dejan acercarme, les haré algunas preguntas y mañana publicaremos su historia en el periódico! ¡Así todos podrán saber de la injusticia que han sufrido!

Siguieron una serie de gritos de desaprobación de parte de las monas. Incluso Lobo negó con la cabeza.

—¿Estás loca? —preguntó Inés Lince. En cambio las zorrillas le hicieron señas de que se acercara.

—Está loca —dijo Kongo.

—Lo sé —respondió Lobo.

Polly se acercó a las dos zorrillas que, por ser ella una oveja, se sentían bastante tranquilas.

—¿Por qué han provocado este gesto escandaloso? —preguntó.

—Porque estamos cansadas, cansadas de ser discrimina-
das, dejadas aparte, aisladas, marginadas. Nosotros soltamos
pestes por defensa o por miedo, nunca lo hacemos por jugar
—dijo una de las dos.

—Es cierto que el director de *La Caracola* se equivocó al no
dejarlas entrar, pero si ahora infestan el mercado de plátanos
con su peste dejarán de tener la razón para tener la culpa.

—Toda la vida llevamos teniendo razón y nadie nos escucha
—dijo la otra zorrilla—. E incluso ahora el rey Leónidas no se
ve: no vendrá. ¡A nadie le interesamos! Para todo mundo, los
zorrillos somos sólo los que apestan. Pero nosotros también
tenemos ideas e ideales, sueños y miedos. Como ustedes, como
todos —concluyó, casi llorando.

En tanto las monas seguían gritando. Kongo y Lobo, desde
lejos, observaban. Lobo, que tenía un oído muy
fino, hasta había logrado escuchar la conversa-
ción entre las zorrillas y Polly.

—¡Monas! —dijo Kongo—. ¿Has estado
alguna vez en una fiesta de monas? Dicen
que saltan de aquí para allá, que se tiran plátanos y nueces, que gritan todo el tiempo y que se
golpean con las manos la cabeza. Dicen que es
como una reunión de condóminos.

—No he estado nunca en una
reunión de condóminos —dijo
Lobo.

—Ni yo. Pero dicen que es
como una fiesta de monas.

¿Quieres un caramelo? —dijo Kongo después de sacar un paquete de caramelos chiclosos.

—Quiero dos… —respondió Lobo.

—Conozco esa mirada, Lobo. ¿Tienes un plan? —le preguntó Inés Lince.

Kongo entendió que debía fiarse de Lobo, la situación estaba a punto de estallar.

Y Chicho Koalino ya llegaría demasiado tarde.

Así que le dio dos de sus caramelos a Lobo que, llevándolos entre sus garras, empezó a acercarse a las dos zorrillas.

—¡Zeñoraz zorrillaz! —dijo, fingiendo un acento alemán—. Zoy Lobino De Lupiz, zientífico alemán. He inventado paztilla para zorrillaz: Zi zorrilla come mi paztilla ya no haze pezte apeztoza. ¡Zi zorrilla come mi paztilla haze perfume de lavanda!

Las zorrillas se miraron atónitas.

—¡Vete! —dijo una de las dos—. Es sólo un modo de acercarte aquí… o quizá son somníferos para hacernos dormir. ¡No vamos a caer!

Mientras tanto Polly se preguntaba qué tendría en mente Lobo.

—Tú pruébala… yo dejo en pizo una paztilla y voy de regrezo. ¡Yo como otra paztilla, azí vez que no es zomnífero! ¡No ez veneno! Azí mi aliento lobuno ze vuelve todo perfume de lavanda.

A las zorrillas les pareció una propuesta justa. Tanto que una preguntó:

—¿Y de veras no apestaremos más con nuestras pestes? ¿Sólo olor de lavanda?

—Zólo lavanda —dijo Lobo, apoyando en una roca uno de los dos caramelos y metiéndose el otro a la boca. Luego retrocedió unos metros.

Zoy Lobino De Lupiz, zientífico alemán

De inmediato una de las dos zorrillas se acercó a la pastilla. La tomó, se la metió a la boca y se la tragó.

—¡Ajá! —dijo Lobo—. ¡Entonces quisieran no apestar! Yo no soy científico. Pero tampoco ustedes son verdaderas rebeldes. Quisieran ser iguales a los demás. Por eso esperaban ir a *La Caracola*: todos quieren ir a *La*

*Caracola*. Se lamentan de que las discriminan y están dispuestas a volverse como los otros, como los que las discriminan, sólo para que ellos las acepten.

—¿Eh? —preguntó una zorrilla que no había entendido. La otra le hizo un gesto para que se callara. Entonces le explicó:

—Dice que no podemos culpar a los demás animales si no nos quieren, cuando nosotras mismas estaríamos dispuestas a tomar una pastilla mágica para dejar de apestar, o sea, para dejar de ser zorrillas, para volvernos igual a los otros y distintas de como somos.

—¿Eh? —dijo de nuevo la zorrilla que seguía sin entender.

—¿No están felices de ser como son, aun si alguien tiene algún prejuicio contra ustedes? —explicó Polly—. ¿No es más importante el juicio que tienen ustedes de sí mismas que lo que otros piensen de ustedes?:

—¿Mañana hablarán de nosotras en *El Eco del Bosque*? —preguntó una de las zorrillas.

—Sí, claro.

—Entonces los leeremos mañana... quizá tengan razón. ¡Vámonos!

Las monas bajaron de los árboles y Kongo soltó un suspiro de alivio.

—Gracias, Lobo —dijo—. La situación era terrible, no sé quién sea más histérico, una zorrilla o una mona...

—Pero tú también eres mono... —le hizo notar Lobo.

—¡No me insultes! —refutó Kongo—. ¡Decirle mono a un gorila es como decirle perro a un lobo!

Al día siguiente el artículo estaba en su lugar.

# EL ECO DEL BOSQUE

## Extrañimales

### CASOS EXTRAÑOS ENTRE LOS ANIMALES

## Pánico en el mercado

**Dos zorrillas amenazan con apestar el mercado**

¿Si una zorrilla no apesta debe cambiarse el nombre? Se llaman Aloe y Vainilla las dos zorrillas que ayer tuvieron tres horas bajo asedio al mercado de plátanos. Protestaban contra los que las han marginado toda su vida. Dicen que saber hacer pestes apestosísimas no debe considerarse un defecto, y sueñan con una vida más normal. ¿Condenarlas? Quien es chaparro dice que la altura no es todo, quien es feo dice que la belleza no es importante. Pero díganles que conocen un encantamiento que los volvería altos y bellos y ¿quién de ellos diría que no? Y sin embargo deberíamos acordarnos de que ser nosotros mismos es más importante que complacer a los demás. Y estas dos zorrillas al final lo entendieron. En efecto, en la tarde se supo que Pluma Aguilera, para reparar el daño hecho, las invitó a su restaurante, *La Caracola*, pero ellas respondieron gentilmente: «No, gracias».

LOBO y POLLY PEC

# El oso malvado

—**COMUNÍQUENME CON LOBO Y POLLY PEC** —dijo Rino Tommaso—. Hay algo podrido río abajo.

Poco después los dos periodistas estaban en la oficina de su director.

—Muy bien, muchachos, están haciendo un buen trabajo con su columna «Extrañimales». Y tengo para ustedes un nuevo caso.

—¿Esta vez qué? ¿Un conejo que sale de un sombrero? ¿Una hiena triste? ¿Un rinoceronte que dirige un periódico? —preguntó Lobo irónicamente.

—Bueno… no. Un oso malvado. El más malvado por lo que me dicen. Así que pongan atención. Parece que ha ahuyentando varias veces a la escuadra de castores que intenta construir el puente sobre el río. Y cuando los castores regresan con los gorilas policías, los corre también a ellos —explicó Rino.

—Vayan a descubrir por qué este oso es tan malvado. ¿Qué quiere? ¿Miel?

Polly miró a Lobo sabiendo ya lo que iba a decir, al menos a grandes rasgos. Y en efecto Lobo dijo:

—¡Pero yo quiero ocuparme de política! Basta de estos deschavetados que hacen cosas raras. Yo quiero entrevistar al rey Leónidas Leonis, escribir de la huelga de gusanos de seda que está arruinando a la industria textil, contar el encuentro entre el ministro Arnoldo Chimpancé y el ministro del interior del Polo Sur Gino Pingüino.

—Un puente en ese punto facilitaría el tráfico de los ñúes. Y donde hay ñúes hay problemas, recuérdalo. Ahora vayan, pero estén atentos, este oso es un tipo duro.

—Yo me meriendo tipos duros —respondió Lobo.
—Exagerado —dijo Polly Pec.

Los dos se encaminaron hacia el punto del río donde debía construirse el puente.

—Supe que tú e Inés Lince fueron novios —dijo Polly Pec, dándole valentía a su curiosidad.

—¿Y quién te lo dijo? —preguntó Lobo.

—Soy una periodista: tengo mis fuentes —respondió Polly—. ¿Cómo fue que terminó?

—Yo soy un lobo, un canino; ella una lince, una felina: no podía durar. Y luego ella se vino a vivir aquí al bosque cuando Rino Tommaso la contrató.

—¿Y tú, después de cuánto tiempo te viniste al bosque?

—Seis meses después. Pero ya para entonces lo nuestro se había acabado. ¿Y tú por qué viniste al bosque? ¿No estabas a gusto en tu granja, paciendo en la hierba y escribiendo en el periódico local si las gallinas habían puesto huevos o no?

—No cambies de tema. Me vine al bosque porque es en el bosque donde suceden cosas importantes. ¿Todavía amas a Lince?

—¿Qué es esto, un interrogatorio? —dijo Lobo—. Listo, hemos llegado.

Frente a ellos había un cartel que tenía escrito: CASA DE URSUS. VÁYASE DE AQUÍ. Debía de ser el oso malvado. Los dos, a pesar del cartel, avanzaron hacia la casa de madera que estaba bajo un gran sauce, justo en la ribera del río, junto a un estrechamiento que acercaba ambas orillas: el lugar ideal para construir un puente.

—Tal vez sea mejor escuchar si el oso está en casa… —sugirió Polly.

—¡Hola! —gritó Lobo—. ¿Hay alguien en casa?

La puerta se abrió ligeramente. Un enorme oso café estaba en el umbral y los miraba con sus temibles ojos.

—¡Váyanse!

A Polly se le heló la sangre en las venas. Lobo la vio y le dijo:

—¿Pero qué no se acostumbra antes preguntar quién es? Hagamos como que lo hubiera hecho —y entonces, en voz alta, explicó—: Somos periodistas, quisiéramos escribir un artículo sobre usted, don Ursus.

—¡Váyanse! —gruñó el oso desde lo alto de sus dos metros, mientras el piso de su pórtico crujía bajo el peso de sus trecientos kilogramos.

—Quizá está sordo —dijo Polly.

—Sí, y yo maúllo… —contestó Lobo, que luego, vuelto al oso, agregó—: Escribimos para el periódico Bosque verde… ¡estamos de tu parte, tampoco nosotros queremos ese puente!

—¡Váyanse! —dijo de nuevo el oso.

—Las mentiras no sirven —anotó Polly.

—Pero las piernas sí, ¡escapemos, que aquel se acerca amenazante!

En efecto, el oso había salido de su casa y, con un rostro en verdad malévolo, se estaba acercando a toda velocidad a Polly y a Lobo. Lobo era un tipo duro, uno que en la vida había pasado por mucho, y hubiera querido enfrentarse con el oso cara a cara, pero estaba Polly, esa bola de pelo blanco que, a pesar de su cinta negra de karate, se arriesgaba a sufrir un daño de de veras.

Cuando el oso los vio alejarse se detuvo y gritó:

—No quiero que se acerque ni uno más de ustedes, ¿está claro?

Cuando estaban por retomar el camino para regresar al periódico sin nada entre las garras, Polly señaló a Lobo un grupo de ratoncitos que, todos alegres, iban camino al río, hacia donde estaba la casa de Ursus Ursi: el oso.

—Deberíamos decirles del peligro que corren, ese oso es una bestia —dijo Polly.

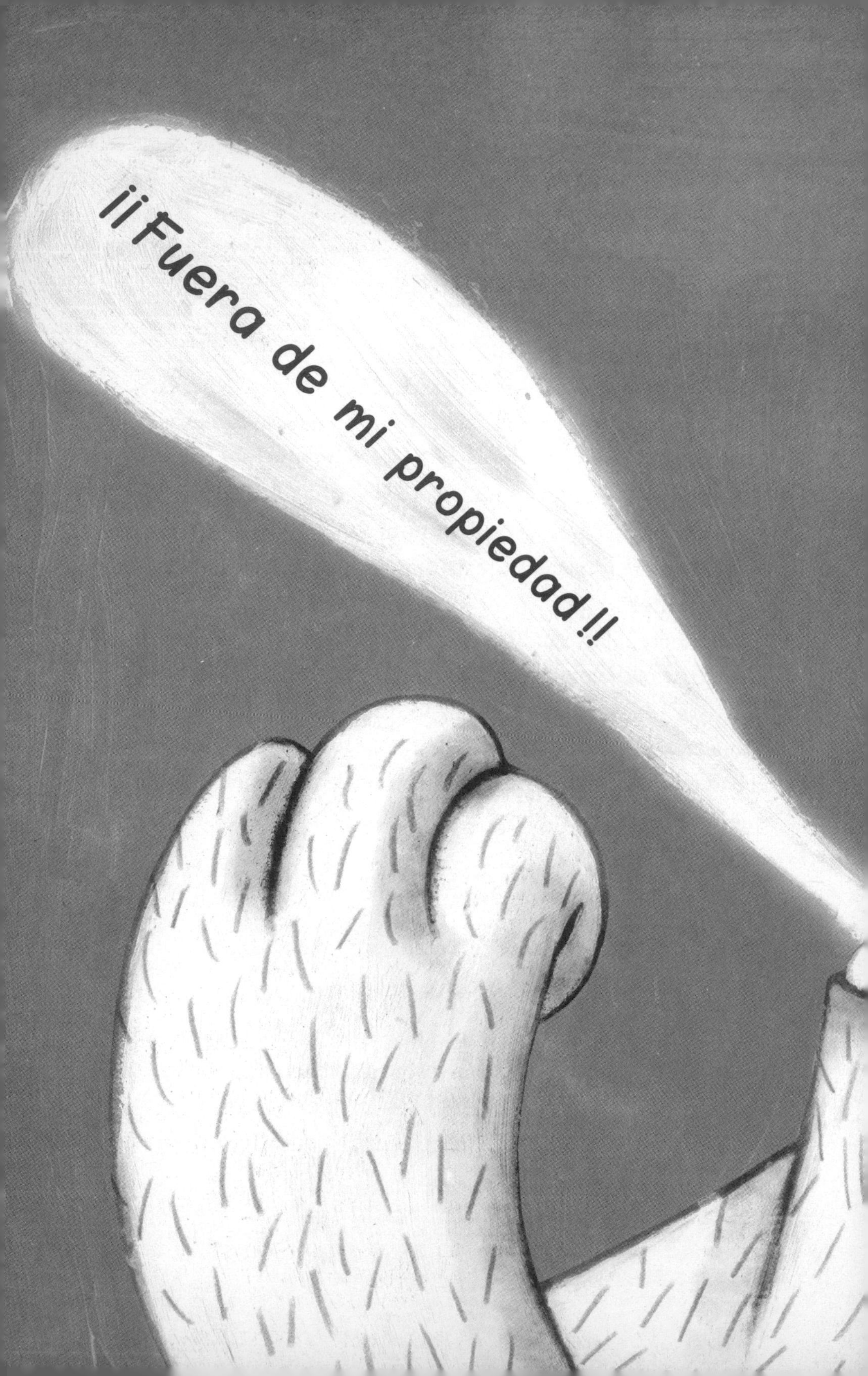
¡¡Fuera de mi propiedad!!

Lobo respondió que no era su problema.

Polly se acercó a los ratoncitos y les avisó que estuvieran atentos, porque más adelante vivía un oso malvado.

—Oh, Cielos —dijo una ratoncita—. ¿Un oso malvado? ¿Es peligroso? ¿Come ratones? ¡Qué extraño!, venimos seguido aquí a comer con un amigo, pero de este oso malo no sabíamos nada.

—Anda, Lina Topina, no tengas miedo —dijo otro ratón, uno de bigotes larguísimos que se presentó como Ratín De Rates—: tenemos a nuestro amigo oso para que nos proteja. Es un oso buenísimo: nos invita siempre a comer. Prepara un queso con miel que es una delicia. Deberías probarlo, mi querida ovejita.

Lobo se acercó entonces, pero al verlo los ratones dieron un paso atrás.

—Tranquilos —dijo Polly en voz baja— es un lobo y parece malo, pero en verdad es bueno.

—¡Qué extraño! —dijo Lobo—. Un oso bueno y un oso malvado que viven tan cerca… ¿Y serían tan gentiles de indicarnos la casa de este otro oso tan bueno?

—Sí, claro. A cambio de que nos indiquen la casa del malvado para no acercarnos —dijo Ratín de Rates—. La casa es esa de allí —continuó, indicando con la patita. Lobo y Polly no creían a sus ojos. Pero no había margen de error, dado que Ratín agregó:

—Su nombre es Ursus.

—¡No es posible! —exclamó Polly—. Ése es el oso malvado. ¡Corrió a los castores, los gorilas, y hace poco también a nosotros!

—Ursus es un oso buenísimo —dijo Lina Topina—. A veces un poco brusco de modales, pero tiene un corazón así de grande. Hasta los pájaros hablan muy bien de él, y también los insectos.

Súbitamente se escuchó un golpe a lo lejos, después uno más, y otro todavía, cada vez más cerca, hasta que la tierra empezó a temblar. Del bosque salió corriendo Pipo Tommaso, el hipopótamo primo lejano de Rino Tommaso. Sus pasos hacían temblar la tierra. Pasó al lado de ellos gritando:

—¡Hipopótamo al agua! —A Lobo apenas le dio tiempo de agarrar a Polly y sacarla de la trayectoria del hipopótamo. Pasando la casa de Ursus, Pipo Tommaso pegó un salto y se zambulló en el río. El agua los salpicó a todos, bañándolos completamente.

—¡Ahora se me va a apelmazar la lana! —dijo Polly, que estaba hecha una sopa.

—Deberías estar más atenta —le reprochó Lobo—. Recuerda: nunca hay que meterse entre un hipopótamo y el agua.

Ursus salió de casa y Pipo Tommaso lo saludó calurosamente:

—¡Gracias por invitarme a tomar un baño! ¡Qué calor hace hoy!

—Siempre eres bienvenido —respondió el oso, sonriendo.

Lobo y Polly miraron a los ratones.

—Así es Ursus —dijo Ratín de Rates, alisándose los largos bigotes—. Si le pides un favor hace hasta lo imposible por hacértelo, si te ve en problemas hace de todo por ayudarte, pero si intentas imponerle una cosa se le suelta la furia. Y construir un puente aquí arruinaría la paz de este lugar.

—Pero habría facilitado las migraciones, los transportes, la búsqueda de comida...

—Ventajas y desventajas —replicó Ratín de Rates—. Una cosa no es mejor que la otra.

—Gracias, señores ratones. Y buen provecho. Vamos, Bola de pelo. Tenemos un artículo que escribir.

—¿Pero tenemos suficiente material? ¿No deberíamos volver a intentar entrevistar al oso? —preguntó Polly.

—No creo que tenga ganas de explicarse, así como es.

—¿Así cómo?

—Así tan cerrado, huraño en apariencia, que desprecia el poder, que vive de cosas pequeñas.

—Yo también conozco a uno así —dijo Polly sonriendo.

A la mañana siguiente el artículo estaba allí.

# EL ECO DEL BOSQUE

## Extrañimales

CASOS EXTRAÑOS ENTRE LOS ANIMALES

## Oso impide que se haga puente

### ¿Rijoso arrogante o gentil benefactor?

Cuando Leónidas Leonis subió al trono le preguntaron si gobernaría humildemente como su abuelo, que decía ser paciente como una oveja, o si gobernaría con puño de fierro, o más bien de león como su padre. Él respondió con una frase que aún perdura como una de las más bellas: «Seré cordero entre las ovejas y león entre los lobos». Y esta frase le viene a la perfección al señor Ursus Ursi, que vive apartado junto al río, invita a pequeños roedores a comer y a hipopótamos tontos a darse un chapuzón, pero al mismo tiempo expulsa a los gorilas policías y a los periodistas ya que con arrogancia invaden su mundo. En un bosque donde es frecuente que el gato amenace al ratón y sea servil con el perro, este Ursus parece un héroe de otros tiempos, con el corazón puro e incómodo, como sólo los héroes lo tienen.

LOBO y POLLY PEC

# Un león campeón

—COMUNÍQUENME CON POLLY PEC... —dijo Rino Tommaso— y también con Lobo.

Cuando Lobo entró a la oficina del director de *El Eco del Bosque* lo encontró en compañía de una bella… una bella… una beeeeeeella oveja…..

¡Pero era ella: Polly Pec!

—¿Bola de pelo? ¿Y qué le pasó a tu pelo?

—Me fui a trasquilar… es temporada.

Ya sin toda esa lana encima, los rasgos de Polly Pec se dejaban ver y eran ciertamente agradables a la vista.

—¿Y qué hiciste con todo ese pelo de sobra? ¿Un colchón? —preguntó Lobo.

—Mejor raparse que perder el pelo y tener el vicio de hacer bromas —subrayó Rino Tommaso—. Lobo, Inés está siguiendo el escándalo de los sobornos para la construcción de calles en el bosque. Increíblemente el ministro Struz Struzzis dice que no sabía nada y como de costumbre se limita a meter la cabeza bajo la tierra. De cualquier forma, hoy llega el rey Orson Polar del Reino del Polo Sur para encontrarse con nuestro rey Leónidas

Leonis. Necesito que tú seas quien siga la noticia, te encargo la página política. ¿Estás contento finalmente?

Llevaba toda una vida esperando esa página. Pero ahora ya sentía suya esa columna sobre las extrañezas de algunos animales... suya y de Polly.

—¿Y «Extrañimales»? —preguntó.

—Esta vez se las ingeniará Polly sola. Yo creo que ya es capaz, ¿y tú? ¿Qué dices?

Polly lo miró.

—Con todo respeto, todavía es una muchachita... —dijo Lobo. Polly no esperaba para nada ese comentario de parte de su colega—. ¿Cuál será la historia con la que saldrá «Extrañimales» mañana? —preguntó Lobo.

—Si opinas que Polly ya es capaz de escribir una pieza por sí misma, no te debe interesar sobre de qué será. Si piensas que no está lista, les encargo la nota a los dos y la llegada del rey Orson se la doy a Cegof el topo.

En ese momento llamaron a la puerta y entró Inés Lince.

—Finalmente te dan la política... tienes suerte, querido Lobo: estoy ocupada con otra nota —dijo.

¿Cómo le hacía para saber ya todo? ¿Sería que la me-meto-en-todo de Lella Gacela los había oído hablar y se lo había contado de inmediato a Inés, antes de que entrara?

—¿Le dejas a la ovejita su columna de tercera página? —preguntó Inés, con tono sarcástico.

—Apréndete este nombre: Polly Pec. Lo oirás nombrar —replicó Lobo. Ésta era la frase que Polly quería escuchar. Pero ahora parecía que Lobo la hubiera dicho sólo por despecho.

Inés, sonriendo, miró a la oveja y le dijo:

—Me aprenderé tu nombre. ¿Y tú en cambio sabes el nombre de Lobo? No, estoy segura de que nunca te lo ha dicho porque se hace llamar sólo Lobo. Porque se avergüenza: su nombre entero es Pisondrilo Lobo.

¡Pisondrilo Lobo! ¿Pero qué nombre era ése? Polly se esforzó por no reír. Después, aunque aquella respuesta de Lobo acerca de ser todavía una muchachita la había fastidiado un poco, corrió a la ayuda de su colega. Mirándolo le dijo:

—Pisondrilo —y poco faltó para que estallara en risas pronunciando aquel nombre— esta muchacha debe amarte todavía mucho si es tan mala contigo.

—Ya basta —dijo Rino Tommaso, sorprendido por la iniciativa de la oveja—. Está decidido. Inés al ministerio. Lobo al encuentro de los reyes, Polly a «Extrañimales». Vayan.
—Cuando estaban por salir, Rino le encomendó a Polly su próxima tarea y agregó—: tienes carta abierta, déjame ver lo que sabes hacer.

Cuando estaban afuera Lobo se volteó hacia Polly y le preguntó qué historia le había encargado Rino Tommaso.

—La de León Leoncinis, el campeón de futbol, que acaba de ganar la liga con el equipo Siete Colinas.

—¿Qué sabes de él? —preguntó Lobo.

—Nada. No entiendo de futbol. No entiendo tampoco por qué Rino Tommaso no metió el asunto en la página deportiva sino que me la dio a mí. ¿Qué tiene de extraño este León? Sólo sé que ha hecho muchísimos goles este año. Más que nadie más.

—Ya verás. —Lobo se fue sonriendo.

Y Polly Pec vio en verdad qué había de extraño cuando llegó a casa del león goleador para entrevistarlo: León Leoncinis sólo tenía tres patas. Una trampa le había cortado una pata cuando

era apenas un cachorro. Polly se quedó estupe-
facta: ¿Cómo podía un animal con sólo
tres patas haber sido el mejor jugador
del campeonato?

La primera pregunta que le hizo fue:

—¿Cómo es vivir con sólo tres patas?

—Dime tú —le respondió León—,
cómo es vivir con cuatro. Porque yo nunca
lo he probado, era pequeñísimo cuando perdí
mi pata delantera derecha.

—Una gran desventaja…

—No necesariamente. Aprendí a hacer todo con la izquierda, pata que para mí ahora vale por dos, tal vez más. Es por esto que los adversarios no saben cómo frenarme: nunca se han encontrado con alguien como yo.

—¿Pero tú no te sientes diferente? —preguntó Polly.

—¿Diferente a quién? Los otros son diferentes para mí, ¿por qué no les preguntas a ellos si se sienten diferentes? Cierto que no puedo aplaudir con las patas delatnteras como hacen los demás en el teatro, pero muchos animales ni siquiera van al teatro. Tampoco puedo sostener un libro con una pata y con la otra pasar las páginas, pero si hay una mesita en la cual apoyar el libro, el problema está resuelto.

—¿Y por qué juegas futbol? ¿Para rehacer tu vida golpeada por esta discapacidad?

—¿Eh? —dijo León, que no había entendido la pregunta—. Juego futbol porque me gusta.

—Gracias. Es suficiente con esto —dijo Polly.

—¿Y no me vas a preguntar nada del campeonato? —preguntó León.

—De eso se ocuparán mis colegas de la página deportiva…

A la mañana siguiente Lobo se despertó a buena hora y fue al puesto a comprar el periódico. Se saltó la página de la política en la cual estaba su artículo titulado: «Reinos animales a debate: ¿Cuándo la democracia animal?» y corrió a leer la columna «Extrañimales».

# EL ECO DEL
# BOSQUE

## León Leoncinis: tres patas, muchos goles

### La diferencia está en los ojos de quien mira

León Leoncinis es un campeón diferente, pero no es diferente porque tenga tres patas en vez de cuatro, sino porque para él esto es normal. Él juega futbol sencillamente porque le gusta, y eso de la pata menos no es un defecto del cual lamentarse, ni se siente un héroe porque con tres patas haya anotado más goles que quienes tienen cuatro. Leoncinis se siente como los demás, la única diferencia es que anota más goles que el resto. Es un campeón porque un campeón es a quien se le admira, y él quiere hacerse admirar sólo por los goles que anota; quiere hablar del campeonato, no de sí mismo, pues en el campo no importa cuántas patas tenga uno, importa los goles que se meten. Importan las emociones que uno despierta en el público y para su público, él es un campeón, no un pobre animalito de tres patas.

POLLY PEC

Cuando terminó de leer el artículo, Lobo sonrió. La pequeñita había crecido. Cerró el periódico y se dio cuenta de que Polly estaba allí, justo delante de él. También ella tenía un periódico en mano.

—Tu artículo sobre la democracia entre los animales es buenísimo —dijo ella.

—Pero no servirá de mucho —respondió Lobo—, no cambiará las cosas.

—¿Qué harás ahora? ¿Volverás a escribir «Extrañimales»? —preguntó ella.

—Ahora eres una periodista, Polly, ya no me necesitas.

Ella sonrió. Y él le preguntó por qué.

—Porque me llamaste Polly y no Bola de pelo. Pero tú debes de escribir en «Extrañimales»: tú tienes olfato para las historias. Sabes encontrar la belleza en las cosas pequeñas, sabes encontrar los motivos por los que toda historia amerita ser contada.

Esta vez fue Lobo el que sonrió, y mirando a Polly a los ojos, le dijo:

—Ahora lo sabes hacer también tú.

*Noticias del bosque,*
*Una extraña pareja de periodistas reportando los hechos más insólitos,*
de Marco Iosa
se terminó de imprimir y encuadernar en octubre de 2013
en Quad/Graphics Querétaro, S.A. de C.V.
lote 37, fraccionamiento Agro-Industrial La Cruz
Villa del Marqués QT-76240